Ana Maria Macha

No barraco do carrapato

31ª impressão

DE ACORDO COM AS NOVAS NORMAS ORTOGRÁFICAS

SALAMANDRA

A sapa saiu pela rua
toda catita.
Uma sapa muito bonita.
De roupa nova e saia de fita.
Mas no pé, nada de sapato.
Sem bota,
sem botina,
sem pé de pato.

— Mico Maneco, cadê
meu sapato?
— Ficou sujo de barro,
no meio da terra,
no barraco do Carrapato.

— Lá na serra? — falou a sapa.
— Já vou lá.
E pediu:
— Burro, sabe como se vai
até o barraco do Carrapato?
Me leva lá...

— Sei — falou o burro.
— Sobe no meu carro
e eu corro.
Subo a serra
e vou ao morro.

Ela subiu e o burro
saiu a galope:
pocotó,
pocotó,
pocotó...

Mas o carro carregava
a sapa só.
No meio da terra,
no meio do pó.
Estava muito leve
e sacudia muito
na subida da serra.

A sapa ficou toda doída
e pediu:
— Burro, não me leva mais
ao barraco do Carrapato.
Teu carro sacode muito.
Fico mesmo sem sapato.
E ficou a pé.

Aí veio o sapo,
na subida do morro.
E ele ouviu:
— Socorro! Socorro!

E a sapa falou tudo,
do sapato,
da corrida sacudida,
do carro
e dela toda doída.

O sapo falou:
— Sapa bonita,
não seja boba,
não seja pateta.
Sapa bonita,
seja levada,
seja sapeca.
Sapo não vai de carro.
Sapo vai de pulo.
Vem comigo, amiga.

E no pula-pula
o sapo levou a sapa
até o sapato sujo de terra,
no barraco lá da serra.

Aprender a ler e escrever pode ser uma experiência cheia de alegrias e surpresas, tanto para as crianças, como para seus pais e professores.

O ambiente que cerca a criança, antes e durante esse aprendizado, determinará em grande parte seu interesse e gosto por ler e escrever. Estar cercada por livros de literatura, ouvir histórias lidas e contadas, bem como estar envolvida por adultos que apreciam e usam frequentemente a leitura, são circunstâncias que favorecem a aquisição da língua escrita.

Através da série "Mico Maneco", uma fascinante aventura é oferecida aos professores e pais: alfabetizar por meio de livros de literatura!

Como pedagoga, venho exercitando desde 1985 essa nova proposta. Ela é um convite para deixar de lado as tradicionais cartilhas e pré-livros. A coleção oferece as características ideais para ser usada nesse trabalho inovador. A experiência foi e vem sendo muito bem sucedida.

Por esse caminho, os pais podem também participar do processo de alfabetização de seus filhos, como faziam nossos antepassados, e desse modo colaborar de forma efetiva com os professores.

A série "Mico Maneco" poderá ser a chave mágica que ajudará a criança a reconstruir os processos de escrita e leitura, percorrendo com seus próprios pés o caminho trilhado pela humanidade quando da invenção da escrita.

Miriam Regina Souza Moreira
PsicoPedagoga
Fundadora da Escola Infantil "O Balão Vermelho" - Juiz de Fora